청소년 시선
012

마음은 풍선처럼 예민하니까

김균탁

쉬는
시간

풍선 인형을 만들 때면 항상 학창 시절이 생각납니다. 바람을 가득 넣으면 터져 버리고, 힘 조절만 잘못해도 망가져 버리는 풍선. 그렇게 위태로웠던 청소년기가 자꾸 떠오릅니다. 조이고, 비틀고, 서로 엉키며 치열하게 살았던 질풍노도의 시기. 지금 이 책을 읽고 있는 여러분은 더 치열하게 삶을 살아가고 있겠지요? 가난했던 어린 시절, 방황으로 가득 찼던 그 시절 온몸으로 치열하게 무엇인가가 되고 싶었던 우리의 젊은 날.

그러나 풍선 인형이 완성되고 나면, 힘든 시간이 지나고 나면 여러분은 분명 무엇인가를 느끼게 될 것입니다. 그 가열한 시절이 있었기에 예쁜 모양의 풍선 인형이 될 수 있었다는 사실을요. 아파도 돌리고, 숨이 막혀도 조이고, 서로 부딪히다 보면 언젠가는 예쁜 모양이 되어 있을 겁니다. 그리고 더 예쁜 모양을 만들기 위해 끊임없이 노력해야 한다는 사실도 알게 될 것입니다. 지금은 힘들고, 아프고, 괴로운 일이 더 많을 겁니다. 하지만 그건 예쁜 풍선 인형이 되기 위한 과정일 뿐입니다. 우리에게는 아직 더 많은 날들이 있으니까요. 힘들어도 내일을 위해 오늘을 힘차게 살아 볼까요? 함께 예쁜 모양을 만들어 볼까요?

2026년 봄
김균탁

차례

1부 풍선 아트

2부 글자 삼키기

3부 더 멋지게 날아오르는 날

4부 절대 가만히 있지 않아

1부

풍선 아트

풍선 전쟁

노란 풍선을 흔들며
친구들이 모인 곳으로 간다
우리 오빠들 풍선은 노란색

어!
그런데 저 멀리 유은이가
파란 풍선을 흔들며 걸어온다

지난주까지만 해도
노란 풍선이었는데
언제 바뀐 거지?

어!
저 멀리 서령이가
빨간 풍선을 흔들며 걸어온다

서령이도 분명 노란 풍선이었는데
우리 오빠들을 배신하다니
이렇게 쉽게 사랑이 변하다니

김유은, 이서령
이제부터 너희들이랑 전쟁이다
너희보다 더 큰 목소리로
우리 오빠들 응원할 거다

목이 쉬도록 응원한 다음 날
화난 표정으로 교실에 들어가는데
유은이랑 서령이가
도란도란 이야기 중이다

그래 사랑은 변할 수 있는 거니까
우리 사랑은 아직 완전히 커지지 않았으니까
터질 듯 부풀어 오르지 않았으니까
노란 풍선, 파란 풍선, 빨간 풍선
다음번 방송국 갈 때는
세 명이 나란히 앉아 응원해야겠다
풍선 꽃 활짝 피면
싸울 일은 없을 테니까

풍선 같은 마음

뱅글뱅글
풍선을 돌릴 때마다
목을 조르는 것 같다

끼익 끼익
모양을 만들 때마다
숨통을 조이는 것 같다

곧 터질 듯 부풀어 오른 모습이
마치 말 한마디 없이 책상에 앉아
검은 풍선 같은 머리만 숙이고
서로의 성적을 탐색하는
우리 반 같다

더 높은 점수 받으려고
조이고, 돌리고, 터지고
시끄럽게 속을 긁어 대는
너와 나 같다

학업 스트레스가 쌓이고 쌓여
펑 하고 큰 소리로 외치고 싶은
터질 듯이 소리를 지르며 뛰쳐나가고 싶은
공기 빠진 노란 풍선이
마치 쭈글쭈글한 우리 머리 같다

지난여름 할머니가 말하길
꽃나무는 괴롭히면 괴롭힐수록
더 예쁜 꽃을 피운다고 했는데
저 풍선도 선생님이 괴롭힐수록
더 예쁜 모양이 되겠지
꽃다발이 되고, 예쁜 선물이 되겠지

우리도
매일 이렇게 괴로우니까
풍선을 만들 때처럼
숨이 막히고, 가슴이 조이니까
조금만 기다리면 멋진 어른이 되겠지

사랑은

가만히 놔두면
작아지는 게
마음이야

표현하지 않으면
아무도 모르는 사이
바람이 빠져 버리는 게

눈에 보이지 않는
구멍으로
조금씩 새어 나가는 게
마음이야

표현하지 않고
이야기하지 않고
행동하지 않고
바라보지 않으면
작아진 풍선에
바람을 불어 넣듯

처음부터 다시,
다시 시작해야 하는 게
풍선 같은 사랑이야

풍선처럼 대해 주세요

돌릴 때는 살살
서로 만나 모양을 만들 때는
터지지 않게 부드러운 손길로
너무 세게 조이면 찢어지고
너무 세게 비틀면 망쳐 버려요

우리는 아주 약한 힘에도
상처받는 풍선이에요
바람이 가득 든 풍선 같은 볼이
부풀어 오르면 꽉 조인 목을,
다리를, 팔을, 꼬리를
살살 풀었다 다시 만들어 주세요

찢어진 상처는
터져 버린 마음은
절대 아물지 않아요
내 마음은 바람이 꽉 찬 풍선같이
곧 터질 것 같은 풍선같이 연약해요
그러니 처음부터 다시

예쁜 모양을 만들 때처럼
살살 그리고 부드럽게

한 번만 삐끗, 어긋나도
처음부터 다시
우리 마음은 영원히 풍선
그러니 함부로 대하지 말아 주세요
말로도, 손으로도 때리지 말아 주세요
곪아 버린 사과처럼 살짝만 눌러도
과육 같은 공기가 주르륵
파란 눈물, 빨간 눈물, 노란 눈물
덜 익은 열매 같은 물방울이 주르륵
터질 듯이 부풀어 오른 볼을 타고 주르륵
공기를 넣었다 뺀 풍선 같은 심장에는
쭈글쭈글해진 자국이 영원히 남을 테니까요

풍선에 든 것은

저기 하늘로 날아갈 것 같은 풍선에는 뭐가 들었을까?
당연히 헬륨이지
아! 분위기 없는 놈

저기 작고 통통한 풍선에는 뭐가 들었을까?
물 풍선이니까 물이 들었겠지
아! 느낌이라고는 전혀 모르는 놈

저기 바닥에 가라앉아 날지 못하는 풍선에는 뭐가 들었
을까?
정답은 공기보다 무거운 이산화 탄소
아! 낭만이라고는 시험공부에 다 팔아먹은 놈

저기 저 풍선에는 널 만나 들뜬 내 가슴이
저기 저 풍선에는 너와 함께 있어 말랑해진 내 마음이
저기 저 풍선에는 아무것도 모르는
너 때문에 축 처진 내 기분이
마음도 원소 기호로 표현될까?
이과생은 왜 문과생의 마음을 모를까?

휴! 아니다

우리 만나는 거 조금만 더 생각해 보자

풍선은 고정 관념을 이겨요

빨간 강아지, 노란 토끼,
파란 고양이, 녹색 곰
풍선은 못 이루는 꿈이 없어요
어른들이 가진 편견 따윈 없어요

그래서 우리는
파란색도, 빨간색도, 노란색도, 녹색도
흰색도, 검은색도, 분홍색도
무지개와 무지개 사이에 있는 색깔까지
모두 다 될 수 있어요

선생님이 외우라는 생물 시간
부모님이 강요하는 고정 관념
풍선처럼 불고 불어 터뜨릴 수 있어요
풍선을 타고 구름보다 높이 날아갈 수 있어요

우리에게 미리 칠해 놓은 색깔
풍선 아트로는 모두 부숴 버릴 수 있어요
내가 왜 파란색이에요

유은이는 왜 노란색이에요
나와 유은이는 무슨 색이든 다 될 수 있어요
우린 아직 어리기에 더 많은 색으로 변하고
더 예쁜 모양으로 변할 미래가 있어요

풍선 아트

펑! 퍼벙! 퍼버벙!
또 실패
친구들은
예쁜 동물 모양, 꽃다발, 칼, 총
척척 만들어 내는데
나는 왜 안 될까?

살살 다뤄도 터지고
조심히 만져도 터지고
터지고, 찢어지고, 너덜너덜
다들 쉽다는 풍선 아트도
내 손에 닿으면 내 인생같이
터지고, 찢어지고, 너덜너덜

망치고, 부서지고, 떨어지고
내 손에 든 풍선
나랑 완전 똑같다
도대체 나는 왜 이럴까?
나는 왜 안 되는 걸까?

22

내 인생은 왜 이 모양 이 꼴일까?
커서 뭐가 되려고 이러는 걸까?

풍선을 쥐어뜯듯
머리를 쥐어뜯어도 안 된다
예쁘지 않아도 괜찮으니
멋지지 않아도 괜찮으니
제발!
하나만 성공하자

상처받은 풍선

조심히 다뤄 주세요
부드럽게 말해 주세요
쉽게 다치고 상하는 마음이에요
풍선으로 예쁜 강아지를 만들듯
터지지 않게 이야기해 주세요

한쪽 다리만 터져도
꼬리에 바람만 빠져도
처음부터 다시 만들어야 하니까요
내 마음은 풍선처럼 예민하니까요

풍선 아트는 다시 만들 수 있지만
터져 버린 마음은
다시 만들 수 없어요
바람이 빠져 쭈글쭈글해진 흔적은
부풀어 올랐다 가라앉은 자리는

쭉 찢어진 상처는
절대 지워지지 않아요

상처받은 풍선은
절대 돌아오지 않아요
그래도 우리 마음은
다시 부풀어 오를 수 있어요
풍선같이 다시 커질 수 있어요

귀여운 모양을 만들 시간
아름다운 내일을 준비할 시간
풍선 아트처럼 다시 시작할 시간은
항상 우리 편이니까요

풍선 인형

비실이라고?
헐렁이라고?
삐쩍 마른 꺽다리라고?
바람이 세게 불었다
약하게 불었다
마음대로 움직이는
실없는 녀석이라고?

풍선 인형이 뭐 어때서
내가 춤추면
멀리서도 잘 보이는걸
불을 밝히고 몸을 흔들면
사람들이 모두 바라보는 걸

허리를 굽혔다 펴도
무릎을 접었다 펴도
동그란 눈으로 바라보는 걸

마음대로 웃어도 좋아

야유를 보내도 좋아
공부는 관심 없다고
시험은 매일 꼴등이라고
마음껏 놀려도 좋아

낮에도, 밤에도
춤 연습하다 보면
실력은 계속 부풀어 오를 테니까
공부 따윈 안 해도
내 꿈은 날아오를 테니까

생물 시간

심장은 좌심실, 우심실
좌심방, 우심방으로 나뉘고
좌심실은 대동맥
우심실은 폐동맥을 돌아

선생님 목소리가
구름 위로 날아가는 풍선처럼
서서히 멀어져 간다

몽롱해지는 머리
짓눌리는 눈꺼풀
심장은 정말 빨간색일까?
친구들 머리 위로
풍선 같은 심장이 떠오른다

태율이 심장은 노란색
유은이 심장은 분홍색
서령이 심장은 파란색
각자 개성이 다른 것처럼

심장도 다르지 않을까?

친구들 머리 위로
풍선을 띄우는데
펑!
풍선 터지는 소리

야!
김리율 공부 안 하고 뭐 해?
풍선처럼 올라가던 내 꿈
순식간에 책상 위로 곤두박질
아쉽다 달콤한 낮잠이 터져 버리다니

그런데 선생님 질문 있어요?
공부는 꼭 해야 하는 건가요?

2부

글자 삼키기

문어

문어는 심장이 세 개
하나쯤 떼어 줘도 살 수 있지

우리는 다 알지
문어가 반에서 제일 예쁜 리율이에게
심장을 떼어 줄 준비가 되어 있다는 걸

책상 서랍 속에는 장미 향 가득한 들꽃 편지가
심장처럼 가슴 깊이 숨어
두근두근 뛰고 있다는 걸

우리는 문어의 짝사랑을 다 알지
그런데 왜 앞에 앉은 리율이만 모를까?

백상아리

눈에 보이는 것이라면
무엇이든 다 삼켜 버리는 백상아리
칠판에 적힌 글자들
교과서를 가득 채운 글자들
단 한 글자도 놓치지 않겠다는 듯
다 먹어 버리는 백상아리

배가 아파도, 머리가 아파도
수업 시간, 자율 학습 시간
모든 글자 날카로운 이빨로
잘근잘근 씹어 삼켜 버리는 백상아리

배탈이 나도, 두통이 와도
지렁이같이 기어다니는 글자 삼키기
절대 멈출 수 없다는 백상아리

선생님은 몰라요
글자 삼키기가 얼마나 어려운지
부모님은 몰라요

글자가 우리를 얼마나 아프게 하는지

오직 중요한 건 수능 성적, 내신 성적
플라스틱 글자, 비닐봉지 글자,
유리병 글자, 녹슨 글자
닥치는 대로 글자들을 먹다 보면
백상아리가 정말 아프다는 걸
선생님과 부모님은 진짜 몰라요

코알라

나는 책상에 매달린 코알라
나의 주식은 유칼립투스
독이 있다는 사실을 알고도
먹을 수밖에 없는 중간고사,
기말고사, 모의고사, 수능
독을 잘 소화할수록
높은 등급을 받을 수 있는 코알라
오늘도 유칼립투스 독에 취해
졸린 눈을 비비며 시험 문제를 풀고
책상이란 나무에 매달려 잠이 들지
어른들은 이제 잊어버린 독
더 많이 먹으라고 재촉하는 독
나는 시험이라는 독을 먹고 사는
나무에서 떨어질까 무서운 코알라

악어

악어가 동굴 같은 입을 쫙 벌리고
크게 하품하는 날은
수업이 정말 재미없는 날

큰 눈망울을 깜빡이며
책을 세워 두고 물밑으로 잠수하듯
고개 숙이는 날은
수업이 정말 지루한 날

악어가 교과서보다 큰 입으로 하품하는 건
수업이 진짜 듣기 싫은 날
악어가 잠수를 하면 교실에는
바람이 만든 강물 소리만 가득

악어가 물밑에서 깊은 잠에 빠지면
우리는 악어새처럼 까딱까딱
교과서 밑으로 함께 들어가죠

날다람쥐

이 나무에서 저 나무로
발 사이에 숨겨 둔 날개를 펴고
누구보다 빠르게 날아야 해

수학 학원에서 영어 학원으로
바람을 읽은 날다람쥐처럼
감춰 둔 날개를 펴고 날아야 해

날개가 찢어져도
날개에 상처가 생겨도
절대로 접으면 안 돼

수학 학원에 늦어도
영어 학원에 늦어도
성적은 부러진 나뭇가지처럼
우수수 떨어질 테니까

급하게 편의점에 들러
덜 익은 라면을 볼 안 가득 넣고

그래도 배가 고프면 삼각김밥을
볼이 터지도록 밀어 넣고
부러진 나뭇가지에 착륙해
떨어지는 날이 무서워도
날다람쥐같이 빠르게 움직여야만 해
떨어지는 나뭇잎 같은 성적이 싫다면
누구보다 빠르게 날개를 펼쳐야 해

미어캣

지겨운 자습 시간
한 시간이 아니라 마치
하루 종일처럼 느껴지는
영원히 끝날 것 같지 않은
자습 시간!

그나마 우리가 행복할 수 있는 건
선생님 몰래 만화책 보기,
음악 듣기, 그림 그리기, 연애편지 쓰기
그런데 탱크 같은 문소리가 들리면
우리는 그 자리에서 얼음

"자습 시간에 공부 안 하고 딴짓한 녀석들 다 나와."
선생님 말 한마디에 우리는 실험용 쥐처럼 일어나고
복도로 나가 아나콘다같이 꿈틀거리며 긴 줄을 선 후
손, 발, 어깨, 무릎이 저리도록 벌을 서죠

그래도 다행인 점 하나
그것은 바로 우리 반에 미어캣이 산다는 것

고개를 번쩍 들고 양손을 모으고
귀를 쫑긋 세우고 얼굴을 좌우로 흔드는
미어캣이 우리 반을 지키고 있다는 것

멀리서 발소리만 들려도
"야! 선생님 떴다."
우리는 빛보다 빠르게
하던 일을 멈추고
책상 위에 책을 펴죠

그러면 우리는 절대
아나콘다처럼 벌을 서지 않아요
선생님이라는 천적으로부터
우리를 구해 주는 미어캣
미어캣이 우리 반이라서 정말 좋아요

고래

물 같은 이 교실에서
고래는 외톨이다
물고기만 가득한 이곳에서
유일한 포유류 고래는
언제나 외톨이

숨을 쉬기 위해
수면으로 올라가고 싶은데
물 같은 교실에 있으면
숨이 막혀 죽을 것만 같은데
고래가 힘들다는 건 아무도 모른다

고래에게 신경 쓰기에는
풀어야 할 수학 문제가
외워야 할 영어 단어가
꼭 해야만 하는 숙제가
너무 많다

고래는 숨이 막혀 죽을 것만 같은데

모두 고래의 고통은
백사장에 부딪히는 파도처럼
당연하다고 생각한다
고래가 할 수 있는 건 어류가 되는 것

교실이라는 바다에서 포유류라는 사실을 숨기고
어류인 척 입만 벙긋하는 것
그런데 정말 숨이 쉬고 싶어지면 어떻게 해야 할까?
책상 위로 올라가 포유류라고 크게 소리칠까?
그러면 친구들이 고래의 마음을 알아줄까?

사슴

큰 눈망울, 찰랑이는 머릿결
단아한 옷차림, 아름다운 말투
사슴!
사슴의 서식지는
공부 잘하는 친구들이 모여 산다는
학교, 도서관, 학원, 독서실
나의 서식지는
공부와 이별한 친구들이 모여 산다는
피시방, 당구장, 운동장, 매점
그런 내가 서식지를 옮겼다
자꾸 보고 싶은 사슴을 위해
한 번이라도 더 마주치기 위해
학교에서 알아주는 꼴통인 내가
고민도 없이 서식지를 옮겼다
언제 마주칠 수 있을지
하라는 공부는 안 하고
학교, 도서관, 학원, 독서실 앞을
육식 동물처럼 서성거리지만
내 마음은 이제 부드러운 초식 동물

큰 눈망울, 찰랑이는 머릿결
단아한 옷차림, 아름다운 말투
사슴!
내가 서식지를 옮긴 건
사슴을 사랑하기 때문
그런데 내 사랑을 받아 줄까?
오늘도 따뜻한 커피를 품에 안고
사슴이 언제 나타나나 육식 동물같이
주위를 서성거리는 초식 동물
피시방, 당구장, 운동장, 매점에 안 가도
사슴을 기다리는 것만으로도
내 가슴은 두근두근

그런데 내 고백을 받아 줄까?
안 받아 주면 전학이라도 가야 하나?

고양이

살금살금, 한 발 한 발
목표물이 보이면 후다다닥,
발톱을 숨기고 재빨리
선생님이 출석부를 보는 동안
모든 행동을 끝내고야 마는 고양이

이름이 불리면 남들보다 더 큰 목소리로
야옹! 하고 외치는
지각 대장 고양이

고양이는 지각했다는 사실을 들키지 않기 위해
먹이를 사냥하듯 책상 위로 날아오르죠
살금살금 다가와 생선을 낚아채듯 뛰어오르죠
선생님과 친구들은 전혀 알 수 없게
쥐를 잡을 때처럼 웅크리고 앉아
온몸을 둥글게 말아 버리죠

고양이는 박명박모성*
고양이가 지각 대장이라는 건

나만 아는 비밀이에요

* 해가 질 무렵이나 해가 뜰 무렵 몸을 숨기기 좋은 시간에 활동하
는 동물을 말한다.

돼지

쿵쿵쿵쿵
냄새만 맡아도 모든 걸 알 수 있지

쿵쿵쿵
수학 문제에서 풍겨 오는 냄새
영어 문제에서 풍겨 오는 냄새
냄새만 맡아도 모든 걸 알 수 있지

쿵쿵쿵쿵
돼지의 배가 빵빵하게 불러 온 건
수학, 영어, 국어, 과학
맛없는 음식도 가리지 않고 먹기 때문

쿵쿵쿵
돼지는 알고 있지
무엇이든 잘 먹어야
내신 1등급이 된다는 걸

쿵쿵쿵쿵

학원 천장, 교실 천장, 책상 위
돼지는 오늘도 하늘을 볼 수 없지
내신 1등급을 위해 하늘은 포기했지
친구들과 마음껏 놀고 싶은 꿈은
쌓여 가는 여물통을 보며 포기했지

그래도 참을 수 있는 건
쿵쿵쿵
친구들이 먹지 못한 음식 들고
돼지를 찾아온다는 것
돼지는 맛없는 음식을
친구들과 나눠 먹으며 작은 위로를 받지

까마귀

까치가 떼를 지어 공격해도
다음 날이면 까먹은 듯
헤헤 웃고 마는 까마귀

덩치는 훨씬 크지만
까치의 심한 장난에도
매일 꾹 참는 까마귀

지우개 뺏어 가는 장난
연필 부러뜨리는 장난
옷이 지저분하다고 놀리는 장난
심지어는 가방까지 숨기는 장난
정말 까먹은 건지
아니면 모른 척해 주는 건지
속을 알 수 없는 까마귀

꺄악 꺄악 소리 칠 만도 한데
싫어 싫어 화를 낼 만도 한데
짝꿍인 내가 봐도 화가 나는데

묵묵히 다 받아 주는 까마귀

까치 떼가 또 장난치고
훨훨 날아가자
까마귀가 몰래 말해 줬어요

홀로 까마귀 키우는 엄마
학교 불려 오는 게 싫어
화가 나도 꾹 참는 거라고
편의점에서 아르바이트하는 엄마 걱정에
하나도 안 잊어버리는 똑똑한 머리지만
까먹은 척 웃어 주는 거라고요

참새

작년에도 2학년 1반
재작년에도 2학년 1반
올해도 2학년 1반
우리 반 복학생 참새 형

학교에 문제가 생기면
선생님은 참새 형만 찾아 혼내죠
복학생이니까 문제아라고 생각하나 봐요
참새 형은 '쨱' 소리도 못 하고 고개만 숙인 채
텃새처럼 묵묵히 선생님의 텃세를 참아 내죠

선생님은 진짜 모르나 봐요
불판 닦기 아르바이트,
식당 서빙 아르바이트,
치킨 배달 아르바이트,
아르바이트, 아르바이트,
아르바이트하다 출석 일수 못 채웠다는 사실을요

참새 형!

형이 학교 못 나오면
우리가 형네 집으로 갈게
그러니까 참새 형 내년에는
우리 꼭 3학년 1반 하자

치타

우리 반 달리기 1등 치타
전국 체전 금메달리스트
어른들처럼 빠르게 달릴 수 있다고
어쩌면 어른들보다 더 빠르다고
매일 자랑하고 다니죠

그런데 우리 반 치타
나만 보면 놀리고, 장난치고, 괴롭히고
빠른 속도로 도망가 버리죠

아무리 쫓아가려 해도 잡을 수 없어요
잡히면 혼내 주기로 한 일은 이제 포기했어요

그런데 치타는 정말 모르나 봐요
날 좋아해서 유치원생보다 유치하게
괴롭히고 도망친다는 걸 나는 아는데
치타는 내가 알면서도
모른 척해 준다는 사실을 정말 모르나 봐요

누가 치타를 만나면 잘 타일러 주세요
사랑은 빠르게 달려서 이루어지는 게 아니라
천천히 아주 천천히 서로를 알아 가는 거라고요

후투티

난 우리 반 최고 희귀종 후투티
친구들이 모인 곳에는 잘 안 가지
함께 노는 건, 수다 떠는 건
함께 밥 먹는 건 아무도 못 봤지
그래서 친구들도 나를 후투티라 부르지

사실 나도 희귀종이고 싶지 않아
같이 놀고 싶고, 수다 떨고 싶고,
밥도 먹고 싶어
그런데 난 수줍음이 많아 그게 잘 안 돼
말만 걸어도 얼굴이 깃털처럼 새빨개지니까

혹시 지나가다 후투티인 나를 발견하면
먼저 말 걸어 줄 수 없을까?
그럼 온몸이 깃털처럼 빨개지더라도
부리 같은 입술이 떨려 말을 더듬더라도
친구 해 줄 수 있냐고 용기 내 말해 볼게

3부

더 멋지게 날아오르는 날

오리

오리는 처음 태어나서 본 사물에 각인된대
그 후에는 그 뒤만 졸졸 따라다닌대

그러니까 너는 오리인가 봐
매일 그 녀석만 바라보잖아

분명해, 넌 그 녀석에게 각인된 게 틀림없어
보고 또 봐도 보고 싶고 또 보고 싶은 거지

이것 봐, 수업 중에도 선생님 대신
주둥이 같은 입술을 쭉 내밀고
그 녀석만 바라보잖아

닭

네모난 교실
네모난 창문
네모난 책상
닭은 오늘도 의자에 앉아
교과서 속에 뿌려진 모이를 먹는다

시계추같이 고개를 까딱이며
교과서 속에 가득 든 모이를 먹는다
학교라는 닭장 안에서
낳아야 할 것은 대학이라는 알
내신 1등급이라는 황금알

꺾일 것 같은 목이 아플 때면
닭은 옥상에 올라
꼬끼오 크게 소리치고 싶다
그러나 엄마에게 필요한 건
높은 성적이라는 신선한 알

운동장을 마음껏 뛰어다니며

크게 소리치고 싶지만
이른 새벽닭은
커다란 벼슬 달고
또 닭장을 향해 걸어간다

카멜레온

내 꿈은 인플루언서
아니, 유튜버
아니, 프로게이머
잠깐, 다시 내 꿈은 음……

아! 도저히 못 정하겠어

왜 장래 희망을 지금 정하라는 거지?
난 되고 싶은 게 너무 많은데
그러니까 나는 카멜레온
꿈이 매일 바뀌는 카멜레온

정말! 못 정하겠어

엄마는 의사가 되라 하고
아빠는 선생님이 되라 하는데
내가 되고 싶은 건 그런 게 아니야

아! 정말 이 칸은 채울 수가 없어

색이 변하는 카멜레온처럼
내 꿈은 자고 일어나면 바뀌니까
차라리 장래 희망란에
카멜레온이라고 적어 버릴까?

청둥오리

자습 시간, 보충 수업 시간만 되면
철새처럼 어디론가 사라지는 청둥오리

안녕!
나는 고향 찾아 떠나

이 말만 남기고 창문 너머로
훨훨 날아가는 청둥오리

학교 담쯤이야
날개를 활짝 펴고 날아오르는 청둥오리

청둥오리!
네 고향이
피시방이냐?

네 고향이 편의점이냐?
동네 어두운 골목이냐?

나에게도 자꾸 고향 찾아가자 하는데
그러다 선생님한테 걸리면 우린……

독수리

독수리가 날개를 펴고 날아간다
독수리의 양손에는 철가방이
부리에 부딪히듯 탕탕 소리를 낸다
짬뽕 국물 한 방울 쏟아 본 적 없다는
최고의 배달꾼 독수리
독수리가 활강하듯 오토바이를 타고
익숙한 골목을 빠른 속도로 날아간다

학교 댄스 연습실에서 짜장면을 시키면
공중에서 나타난 듯 신속하게 안착하는 독수리
배고픔을 참고 배달하고 있을 독수리
우리는 독수리가 배고픈 걸 가장 잘 안다
그래서 짜장면을 한 그릇을 더 시켰다
독수리야 너도 먹고 가
짜장면을 허겁지겁 먹고
다시 공중을 향해 오토바이를 타고 날아가는 독수리

독수리는 우리 동네 최고의 배달꾼
독수리가 배달하면 언제나 믿을 수 있다

우리가 배달시키면 군만두 서비스도
알아서 척척 넣어 오는 독수리
단무지, 양파도 팍팍 넣어 오는 독수리
낮에는 책상에 엎드려 잠만 자지만
밤이 되면 오토바이를 타고 활강하듯
온 동네를 누비는 독수리

독수리가 수업 시간에 잠들면
우리는 돌하르방처럼 허리를 꼿꼿이 세우고
독수리가 편하게 잠들 수 있도록 도와준다
늦은 밤 동아리 연습실에 빈 그릇 찾으러 오면
우리는 모두 일어나 독수리에게 손을 흔든다
독수리야 너의 활강 실력은 믿지만
안전 운전해야 해
우리는 네가 더 멋지게 날아오르는 날을 기다리니까

강아지

강아지는 눈물이 많아서
언제나 눈물 자국이 눈 주위에 있지
슬픈 드라마를 보다가도 울고
아이돌 춤을 보다가도 울지
울고 또 울고 기뻐서 울고,
화나서 울고, 슬퍼서 울고
누가 그림을 그려 놓은 듯 눈물 자국을 따라
끊임없이 눈물을 흘리지

강아지는 눈물이 많지
재미있는 이야기를 하다가도 울고
지구가 자전하면 하루가 지나간다는
말에도 울고, 별은 스스로 빛나다가
빛을 잃어버리면 사라진다는 이야기에도 울지

강아지가 울면 난처해질 때도 많지만
슬며시 다가가 강아지를 안아 주지
교복에 튄 김치 국물 지워 오지 못한 날
낡은 운동화 밑창에 구멍이 뚫린 날

지우개가 엉망이 돼 빌려 달라고 하던 날
준비물 챙겨 오지 못해 벌서던 날
아빠랑 엄마 보고 싶어서
할아버지랑 할머니 보고 싶어서
운다는 걸 알기에 물휴지로 조용히
눈물 자국 닦아 주지

오리너구리

오리너구리는
오리와 너구리가 합쳐진 말

오리를 닮아서
너구리를 닮아서

아빠가 한국인이라서
엄마가 베트남인이라서

친구들이 놀릴까 봐
깊은 물속으로 도망치는 오리너구리

하지만 오리너구리야
깊은 물속에 숨어 지낼 필요 없어

너는 축구도 잘하고, 달리기도 잘하고,
배려심도 깊고, 언제나 친절하니까

사과와 망고가 만나 더 맛있는

애플망고를 만든 것처럼 넌 정말 대단해

물속과 물 밖을 넘나들며
어려운 일을 해결하니까

물이 무서운 친구들 문제, 육지가 무서운 친구들 문제
해결해 줄 사람은 너밖에 없으니까

그러니 친구들이 놀릴까 봐
녹조 같은 파란 얼굴을 하고

깊고 깊은 물속 바위틈에 숨어
있는 듯 없는 듯 지낼 필요 없어

같이 축구도 하고, 같이 달리기도 하자
같이 우리 같이 놀자

토끼

토끼가 귀를 쫑긋 세워요
친구들 이야기
하나도 놓치지 않으려는 듯
큰 귀를 폴짝폴짝
상하좌우로 흔들어요

쉬는 시간만 되면
토끼는 귀를 바짝 세우고
친구들 수다 놓치지 않으려
소외되지 않으려
모든 이야기를 큰 귀에 담아요

어제 본 드라마부터
아이돌 예능 출연까지
그런데 무엇보다 중요한 건
소곤소곤 동굴처럼 나눈 비밀 이야기
큰 귀에 모두 담아 버린다는 거예요

그러니까 토끼의 가장 큰 단점은

다음 날이면 우리 이야기를
전교생이 알게 된다는 사실
토끼는 큰 귀에 담은 이야기를
숭숭 뚫린 토끼 굴처럼 잘도 퍼 날라요

누가 누구랑 사귄대,
누가 누구랑 싸웠대,
누가 누구랑 친하대,
누가 누구를 울렸대,

특히 내 소문이 퍼지는 날이면
학교에는 얼굴도 못 들고 다녀요

하지만 토끼에게도 장점은 있어요
그 큰 귀로 사람들 이야기 잘 들어 주는 것
정말 정말 비밀이라고 말하면
그것만은 꼭 지켜 주는 것
그래서 누구도 토끼를 미워하지는 않아요

그런데 토끼야!
작은 소문이라도 너무 퍼뜨리지 말아 줘
큰 귀에 담긴 이야기 모두 꺼내지 말아 줘
가끔 너 때문에 학교 다니기 부끄러울 때가 있어
그것만 빼면 넌 정말 좋은 친군데 말이야

판다

아침 8시 30분
땡!
수업 종이 메아리치면
교실에는 터벅터벅 판다가 들어오죠

밤새워 무엇을 했는지
다크서클이 눈 밑을 지나
땅바닥에 닿을 것같이 축 늘어진 판다

눈 주위가 야구공에 맞은 것처럼 시커먼 판다는
땡!
수업을 알리는 종소리가 들리면
세상모르고 깊은 잠에 빠지죠

선생님도 판다를 포기한 듯 그냥 지나쳐요
땡!
수업이 끝나는 종소리가 울려 퍼지면
나는 잠든 판다의 귀를 활짝 열고 크게 소리치죠

판다야, 피시방 가자
내 목소리가 들리면 판다는 느릿느릿 가방을 메고
어슬렁어슬렁 잠이 덜 깬 눈으로 내 뒤를 졸졸 따라오죠

동굴 같은 피시방에 들어가서
땡!
게임에 접속하는 순간
야행성 판다는 힘이 불끈 솟나 봐요

시험은 매일 꼴등이어도
게임만큼은 내가 아는 사람 중 1등

피시방에서 게임을 하고 집에 가면
판다는 또 컴퓨터 앞에 앉아 아침 종이
땡!
울릴 때까지 게임에만 집중하겠죠

공부를 못한다고 혼나도 괜찮아요
게임만은 항상 1등이니까요

판다의 꿈은 프로게이머가 되는 것

내일 아침에도 8시 30분
땡!
수업을 알리는 메아리가 울리면
프로게이머 판다는 비실비실 교실로 들어와 깊은 잠에
빠지겠죠

올빼미

올빼미는 오늘도 벼락치기
커다란 눈이 붉은 에메랄드처럼 시뻘겋게 충혈되었다
그 큰 눈이 탱탱볼같이 바닥으로 튀어 오를 준비를 하고
있다

시험 기간만 되면 벼락치기를 한다는 올빼미
그런데 왜 성적은 항상 상위권일까?
도대체 왜 나보다 공부를 잘하는 걸까?

시험 기간이 끝나면 꼭 물어봐야겠다
시험 기간이 끝나면 잘 관찰해 봐야겠다

그런데 시험이 끝나도
에메랄드 같은 눈이
탱탱볼처럼 높이 튀어 오를 것만 같은 올빼미

아! 이제 알겠다
저 녀석 별명이 올빼미인 이유를
아! 이제 정말 알겠다

저 녀석 성적이 나보다 높은 이유를
그건 바로……

벼락치기가 아니라는 사실
그 이유는 바로……
바로……
매일 밤 올빼미처럼
잠도 안 자고 공부만 한다는 사실

이런……
다음 시험에도 내가 졌다

사자

노트 필기한 거 빌릴 수 있을까?
수업 시간에 자느라 못 적었어
쉬는 시간만 되면 어김없이 나타나
노트를 빌려 달라는 사자

시험 범위가 어디까지였지
정리한 거 있으면 알려 줄래?
시험 기간만 되면 불쑥 나타나
시험공부 도와 달라는 사자

이 문제 어떻게 풀어
난 도저히 못 풀겠어 가르쳐 줄래?
점심시간만 되면 갈기를 휘날리며
어려운 문제 풀어 달라고 조르는 사자

수컷 사자는 암컷 사자가
사냥해 온 먹이만 먹으며
가만히 있는 거라고 생각하나?
꼭 우리에게 모든 걸 맡기는 사자

어슬렁거리며 도움만 청하는 사자지만
우리가 열심히 도와주는 이유는
다른 반 육식 동물들이 영토를 침범하면
바람에 흔들리는 갈대 같은 갈기를
세차게 흔들며 우리를 지켜 주기 때문이죠

하이에나

재미있는 일이 없나?
어슬렁어슬렁
신나는 일이 없나?
두리번두리번

얘들아
저기 장난칠 거리 생겼다
교실 안을 사과보다 붉은 눈으로
이리저리 왔다 갔다 기회만 노리는 하이에나들

하이에나에게 잘못 걸리는 날이면
그날은 하루 종일 놀림받는 날
그러니 걸리지 않게 조심해야지

그러나 작은 기회도 놓치지 않고
나루토처럼 신속하게
몽키 D. 루피보다 빠르게

작은 실수 하나 놓치지 않고

득달같이 달려드는 하이에나들
너희 나한테 달려들기만 해라! 응?

바람에 휘날리는 은행잎처럼
긴 머리카락 휘날리며
끝까지 쫓아가 응징할 테니까

족제비

점심시간
급식실에 족제비가 나타나면
우리는 슬금슬금 자리를 피하죠

그래도 족제비는 방긋 웃는 얼굴로
우리 옆으로 다가와 조용히 앉죠

허겁지겁 밥을 다 먹고는
우리 식판 위에 남은 고기반찬
맛있는 햄 반찬 하나만 달라고 조르죠

어떤 날은 그런 족제비가 너무 얄밉지만
우리는 말없이 남은 반찬을
공터처럼 텅 빈 족제비 식판 위에
하나둘 가만히 올려 두죠

그럼 족제비는 방긋 웃으며
배가 홀쭉해진 들짐승처럼
하나도 남김없이 입속으로 밀어 넣죠

어제도, 오늘도, 아마 내일도
족제비는 우리 옆에 앉아
허겁지겁 밥을 먹고
남은 반찬을 보며 침을 흘리겠죠

마치 닭장 안에 든 맛있는 닭을 보듯이
마치 쳇바퀴를 돌고 있는 햄스터를 보듯이
우리 반찬을 보며 침을 흘리겠죠

그러면 우리는 또 못 이기는 척
족제비의 공터 같은 식판 위로
고기며, 햄을 올려 주겠죠

엄마, 아빠 떠나고
경비 일 하는 할아버지 늦게 들어오는 날이면
라면 말고는 먹을 게 없다는 걸 알기에
우리는 족제비 식판 위에 맛있는 반찬을 또 올려 두겠죠

4부

절대 가만히 있지 않아

흑염소

시골에서 전학 온 흑염소
얼굴이 연탄처럼 까맣다고
말투가 우리랑 다르다고
친구들이 가까이 가지 않는 흑염소

할아버지, 할머니 살던 동네에서
우리 학교로 전학 왔다길래
친하게 지내고 싶었는데, 쩝……
왕따 당할까 봐 말도 못 걸겠어요

그런데 학교 체육 시간
어! 시골에서 산을 뛰어다녀서 그런가?
어! 시골에서 논두렁을 헤집고 다녀서 그런가?
혼자서 축구공을 이리저리 그리고 고오오올!

흑염소가 찬 공이 대포알처럼 포물선을 그리며
폭풍같이 그물을 흔들었어요
그러자 모두 달려가 흑염소를 끌어안고 소리쳤어요
이제 흑염소랑 친하게 지내도 되겠죠?

제비

제비가 전학을 간다
3월 새 학기에 전학 온 제비가
다시 전학을 간다

선생님 말로는 아빠 직장 따라
둥지를 떠나 먼 곳으로 간다는데
짝꿍인 나는 안다
제비가 떠나는 이유를

깔끔한 교복, 하얀 얼굴, 큰 눈망울
첫날부터 마음에 들지 않았던 텃새들
텃새들의 괴롭힘을 견디지 못하고
따뜻한 나라 찾아 떠난다는 걸
짝꿍인 나는 안다

교복이 더러워지고, 하얀 얼굴에 멍이 들고
큰 눈에 눈물이 그렁그렁 고인 날에도
위로 말고는 아무것도 해줄 수 없었던 나
아니 텃새들이 무서워 아무것도 못 했던 나

제비가 떠나고 나면 빈 둥지에
뱀처럼 교묘하게 저지른 괴롭힘
하나둘 적어 놓아야겠다
선생님 몰래 일어난 일들
모두 알라고 용기 내 봐야겠다

호랑이

호랑이가 나타났다
초식 동물들 모두 쉿!
호랑이를 건들면
시커먼 어둠 속으로 사라질지도 몰라

제일 뒤에 앉아 발톱을 숨기고
조용히 먹이를 노리는 호랑이
혹시라도 발톱에 찍히는 날이면
사슴, 토끼, 돼지, 고라니, 닭 모두
어두운 골목에 서서
큰 입속으로 들어가게 될지도 몰라
그러니 모두 조심

호랑이 옆에는
승냥이, 살쾡이, 재규어가
함께 기회를 노리고 있어
그러니 초식 동물들 전부
손동작 하나, 말소리 하나
눈에 띄어서는 안 돼

정말 시커먼 구멍 속으로
낚싯바늘 같은 발톱에 걸려
깊이 빨려 들어가게 될지도 몰라

호랑이가 나타났다
그 옆에 다른 육식 동물들도
어슬렁어슬렁 교실을 누빈다
초식 동물들 모두 책상으로 대피
일짱에게 걸리지 않게 전부 조용
발톱을 감춘 육식 동물들이
교실을 숲속처럼 누빌 때면
사슴, 토끼, 돼지, 고라니, 닭 모두 피해

작은 꼬리만 한 꼬투리만 걸려도
동굴 같은 입속에 갇힐지도 몰라
발톱을 감추고 있어 선생님도
어두운 하루에 대해서는 부모님도 몰라
육식 동물들 땡땡이치는 날이
가장 평화로운 하루라는 사실은

발톱에 걸려 두려움에 떨어 본 적 없다면 아무도 몰라

그런데 초식 동물들 모두 일어나 한 번에 덮치면
피가 나고, 멍이 들고, 팔이 부러져도 함께라면
머리에 새긴 왕이라는 글자 지울 수 있을까?
무서워도 힘을 합치면 우리가 더 강할지도 몰라
자! 그러니 초식 동물들 모두 자리에서 일어나
더 이상 꼬리 내리지 말고 깃발처럼 펄럭여
꼬리를 모으고 모아 더 힘차게 흔들어
지렁이 같은 꼬리도 자꾸 밟히면 꿈틀
아니 힘차게 흔들 수 있다는 걸 이제 보여 줘 볼까?

코뿔소

누구든 건들면 절대로 가만히 있지 않아
뒷발로 땅을 박차고 재빠르게 앞으로 튀어 나가지
뾰족한 코에 맞으면 아마 큰코다칠걸!
누구든 건들면 코뿔소는 가만히 있지 않아

누구든 나쁜 짓을 하면 절대로 참지 않아
덤프트럭보다 육중한 몸으로 받아 버리지
뾰족한 코에 맞으면 정말 큰코다칠걸!
불의를 보면 절대 못 참는 코뿔소

그런데 그거 알아?
우리 반에는 코뿔소가 한 마리가 아니라는 거
우리는 모두 코뿔소
불의를 보면 절대 가만히 있지 않아!

고릴라

친구가 조금만 장난쳐도
"야! 너 죽을래?"

누군가 작은 실수를 해도
"야! 너 진짜 죽을래?"

가슴을 치며
흥분하는 고릴라

생각한 대로 일이 안 풀리면
"아! 난 왜 이럴까?"

시험 성적이 조금만 떨어져도
"아! 난 역시 안 되나 봐."

자습 시간에 소곤소곤 떠들어도
"야! 너희들 때문에 집중이 안 되잖아."

수업 시간에 쓸데없는 질문을 해도

"야! 수업에 방해되니까 그만 해."

누군가 어깨를 살짝만 부딪쳐도
"야! 너 지금 싸우자는 거야?"

사과처럼 붉은 얼굴로 사과도 없이
가슴을 치며 화만 내는 고릴라

우리는 고릴라가 왜 예민한지 알지요
왜 매일 화만 내고 다니는지 알지요

우리는 모두 고릴라를 닮았으니까요
우리 반은 모두 사춘기니까요

친절을 베풀기에는 중간고사, 기말고사,
쪽지 시험에 지친 외톨이들이니까요

친구들과 멀리 떨어져 살아왔기에
친절함 같은 건 배운 적이 없으니까요

여우

야! 김리율 너 이리 나와!
왜 그래? 무슨 일인데?
너 어제 우리 오빠들 욕했지?
아니야. 나도 우리 오빠들 팬이잖아.
거짓말. 여우한테 다 들었거든.
아니라니까. 여우가 거짓말한 거야.
시끄러워. 이제 너랑 안 놀아.

여우의 이간질에 눈물이 핑 돈다
우리 반 이간질 대장 여우
친구들과 오해가 생기면 모두 여우 때문이다
그래서 오늘도 절친 서령이와 싸웠다
시간이 지나면 다시 친해지겠지만
한동안은 냉전이다

같은 아이돌을 좋아한다는 이유로
같은 한정판을 모은다는 이유로
정말 친하게 지냈는데
이번 냉전은 또 얼마나 오래 걸릴지……

정말 나쁜 여우

그런데 저 멀리서 여우가
꼬리를 흔들며 다가온다

야! 너 때문에……
화를 내려는데
여우가 내 앞으로 딸기 우유를 내민다
후! 정말!
나는 우유를 받으며 웃어 버렸다

이간질하는 여우의 마음을 알 것 같아
그냥 웃어 버렸다

백조

물 위에서 우아한 자태를 뽐내며
뻣뻣하게 고개를 들고
수업 시간에도 절대 졸지 않는 백조

백조는 전교 1등을 놓친 적이 없죠
수업 시간에는 고고하게
자습 시간에는 도도하게
공부라는 먹이를 다 먹을 때까지
머릿속을 가득 채울 때까지
절대 고개 숙이지 않는 백조

그런 백조가 재수 없냐고요?
전교 1등이 오래된 고목처럼
고개를 뻣뻣하게 들고 다녀
정말 재수 없냐고요?

그건 모르는 사람들이나 하는 소리죠
백조가 물 위에 떠 있기 위해
수업 시간에, 자습 시간에, 집에서, 학교에서

잠도 안 자고 열심히 공부한다는 걸
물밑에서는 누구보다 빠르게
강물보다 힘차게 발버둥 친다는 걸
모르는 사람들이나 하는 이야기죠

늑대

늑대 1이 괴롭힘을 당하면
늑대 2와 늑대 3이 함께 싸우죠

늑대 2가 놀림을 당하면
늑대 1과 늑대 3이 함께 위로하죠

피시방을 갈 때도 함께
당구장을 갈 때도 함께
볼링장을 갈 때도 함께
집에서 게임을 할 때도
같은 서버에서 함께

우리는 언제나 함께 모여
모든 문제를 해결하죠
독서실도 함께, 학원도 함께
급식실도 함께
무리를 지어 다니며
서로의 우정을 확인하죠

늑대 1이 울면 같이 슬프고
늑대 2가 아프면 같이 아프고
늑대 3이 행복하면 같이 행복한
우리는 늑대 친구들
우리 무리는 커서도 함께
늙어서도 함께하자고 약속했어요

오랑우탄

학교 앞 햄버거 가게에는
오랑우탄이 살죠
긴 팔을 이용해 주문을 받고
긴 팔을 이용해 서빙을 하고
긴 팔을 이용해 청소를 하는
오랑우탄이 있죠

반 친구들 가게에 오면
"월급 받으면 햄버거 사 줄게."
긴 팔을 흔들며 긴 배웅을 하는
오랑우탄이 학교 앞 햄버거 가게에 살죠

월급날이면
긴 팔이 땅에 끌릴 정도로 지쳐
햄버거 사 주겠다는 약속 피해
몰래 도망치는 오랑우탄

아빠, 엄마 돌아가시고
할아버지, 할머니와 함께 사는 오랑우탄

긴 팔로 폐지 줍는 할아버지 손수레
있는 힘을 다해 밀어 주고
긴 팔로 폐지를 차곡차곡 쌓는
오랑우탄이 학교 앞 햄버거 가게에 살죠

햄버거 사 주겠다는 약속
한 번도 지키지 않은 오랑우탄
그래도 오랑우탄이 밉지 않은 건
월급날이면 긴 팔에
통닭이 든 검은 봉지 흔들며
할아버지, 할머니 일찍 잠든
캄캄한 집으로 가기 때문이죠

곰

이번 학기 우리 학교 장기자랑은
바로바로 아이돌 댄스
대회에 참가할 사람을 뽑는데
곰이 손을 들었다

덩치는 칠판 같고
얼굴은 농구공보다 큰
곰이 아이돌 댄스라니
이건 악몽이다

다른 아이들도
우우우! 우우우!
우우우! 우우우!
소나기 같은 야유를 보낸다

그때 책상을 우레같이 치며
자리에서 벌떡 일어나는 곰
곰이 쿵쿵 천둥소리를 내며
앞으로 걸어 나온다

그리고는 휴대 전화에
신나는 비트가 흐르는 음악을
낙뢰가 떨어지듯 틀고
번개 같은 춤을 추기 시작한다

화려한 웨이브와
현란한 팝핀
그리고 보기와 다르게
각이 잡힌 브레이크 댄스

이럴 수가 곰에게 저런 재주가 있었다니
지금까지 모두를 속였다니
배신감이 치밀어 오른다
그래도 곰이 가진 재주라면 우리 반이 1등이다

매일 느리게 걷고
수업 시간에는 잠만 자던 곰
네가 우리 반이라서
정말 다행이다

고슴도치

날 건드리지 말아 줘
온몸에 가시가 돋아 있지
풀 강화된 검이
몸에서 발사될 준비를 하고 있지

이유는 모르겠어
왜 까칠한 가시들이
시시때때로 날카롭게 찌르는지
내 의지와는 상관없어
너도 찌르고 나도 찌르지

따끔하게 피가 날 때까지
사람들의 가슴을 찔러 놓고
집에서는 아무도 모르게 눈물을 흘리지
소나무 잎에 매달린 이슬처럼
가시 끝에도 눈물이 고이지

내 몸에 난 가시를
다 뽑아 버리고 싶지만

가시가 없으면
나는 더 많이 울지도 몰라

두더지

학교가 끝나면 동굴 같은 독서실로
빛이 들어오지 않는 도서관 구석 자리로
잘도 찾아 들어가는 두더지

체육 시간에도 불 꺼진 교실에 남아
수학 문제, 영어 문제만 풀고
점심시간에도 과학책만 보는 두더지

두더지 꿈은 의사가 되는 거래요
사실 두더지 엄마 꿈이 의사가 되는 거래요
우리 엄마 꿈도 의사가 되는 건데

어두운 동굴에서 눈이 침침해지도록
책만 보고 또 보고 빛은 피해 다녀야
의사가 될 수 있는 건가 봐요

축구도 하고, 농구도 하고,
같이 수다도 떨면 좋은데
두더지는 어두운 곳을 찾아 책만 읽어요

그런데 정말 궁금한 거는요?
엄마의 꿈이 아니라 두더지의 꿈이에요
나는 아이돌이 되고 싶은데,
두더지는 무엇이 되고 싶은 걸까요?

시인의 산문

누구나 가지고 있지만 아무도 모르는 것

누구나 가지고 있지만
아무도 모르는 것

'학창 시절 내 꿈은 무엇이었을까?', '나는 어떤 사람이 되고 싶었을까?' 구름이 듬성듬성 파인 파란 하늘을 보며 그 시절을 생각해 봅니다. 하지만 아무리 노력해도 기억이 나지 않습니다. 왜냐고요?

그 이유는 꿈이 없었기 때문입니다. 꿈! 장래 희망을 가지기에 나는 의욕이 없었고, 너무 불량했고, 지겹도록 가난했고, 공부란 것에 지쳐 있었습니다. 정말 아무것도 하기 싫었고, 무기력했습니다. 그냥 빨리 세월이 흘러 어른이나 되어 버렸으면 좋겠다는 생각뿐이었습니다. 하지만 스무 살이 되고, 대학생이 되었을 때에도 변한 것은 없었습니다. 여전히 무기력했고, 가난했고, 불량했고, 지쳐 있었습니다.

그러던 어느 날, '나는 왜 이렇게 사는 걸까?'라는 의문이 들었습니다. '정말 나는 꿈이 없는 걸까?' 라는 생각이 들었습니다. 그때 머릿속을 스치고 지나가는 것이 있었습니다.

그건 바로 나는 아직 내가 누구인지, 어떤 사람인지 모른다는 사실이었습니다. 학창 시절 소나기 같은 질풍노도의 시기를 겪었으면서 나는 왜 아직 나를 몰랐던 걸까요? 그 이유는 간단했습니다. 나는 지금까지 나에 대해 단 한 번도 생각해 본 적이 없었기 때문입니다.

나는 마치 거울 앞에 선 듯 내 자신을 뚫어지게 바라보았습니다. 그제야 알지 못했던 사실 하나가 뭉게구름처럼 두근두근 피어오르기 시작했습니다. 가슴 속에 늘 가지고 있었지만, 한 번도 알려고 하지 않았던 진실 하나가 혈액처럼 체온을 콩닥콩닥 달구었습니다. 그 생각이 스며들자, 내 심장은 이제 막 결승선을 통과한 마라톤 선수처럼 터질 것 같았습니다.

내가 찾은 것이 무엇인지 여러분도 궁금하지 않나요? 그건 바로…… 바로…… 바로…… **'개성'** 입니다. 나는 개성을 찾지 못해 길고도 긴 방황의 시절을 보냈던 겁니다.

'그렇다면 나의 개성은 무엇일까?' 나는 개성을 찾기 위해 여러 가지 시도를 해 보았습니다. 평소 좋아하던 운동도 해 보고, 늦은 공부에 매달려도 보고, 서투른 조각도 배워 보았습니다. 심지어 굳어 버린 손가락으로 음악을 해 보겠다는 다짐도 했습니다. 하지만 이 모든 것들은 나의 개성이 아니었습니다. 어느 것 하나 제대로 할 줄 아는 것이 없었습니다. **'정말 나는 개성이 없는 걸까?'** 라는 자괴감에 빠지기도 했습니다. 또다시 방황이 시작되었지만 포기할 수는 없었습니다.

그러던 중 불현듯 '글을 써 보면 어떨까?' 라는 생각이 들었습니다. 무작정 연필과 종이를 챙기고, 무엇인가를 끄적이기 시작했습니다. 컴퓨터를 켜고 소설이란 것을 써 보기도 했습니다. 하지만 역시 재능은 없는 것 같았습니다.

그런데…… 그런데 가슴 깊은 곳에서부터 뜨거운 것이 차오르기 시작했습니다. 그건 바로 재미였습니다. 시를 쓴다는 것, 소설을 쓴다는 것, 평론을 쓴다는 것이 온몸을 두근거리게 만들었습니다. 그러자 실력도 점점 좋아지는 것 같았습니다. 나는 꾸준히 글을 썼고, 결국 시인이 되었습니다. 마침내 나만의 개성을 찾은 것입니다.

성인이 되어서야 찾은 개성이지만 늦었다는 생각은 들지 않았습니다. 많은 시간을 돌고 돌아왔지만 오래 걸렸다는 생각은 하지 않았습니다. 왜냐고요? 평생을 살아도 개성을 찾지 못하는 사람들이 있다는 사실을 알았기 때문입니다. 나는 늦게 찾은 개성이기에 남들보다 몇 배 더 열심히 노력했습니다. 잠자는 시간도 아끼며 문학을 공부했습니다. 어떻게 하면 나만의 개성이 담긴 시를 쓸 수 있을까? 고민하고 또 고민했습니다. 그리고 지금은 나만의 개성이 녹아 있는 시를 쓰고 있다고 생각합니다.

내 이야기를 통해 알 수 있듯이 우리에게 있어 가장 중요한 것은 무엇일까요? 그건 바로 자신만의 개성을 찾는 것입니다. 내가 결국 나의 개성을 찾아낸 것처럼 여러분도 각자

의 개성을 찾아야 합니다.

개성이란 **'다른 사람과 구별되는 고유한 특성'**입니다. 개성은 누구나 가지고 있습니다. 누구나 자신의 특성과 특기를 가슴속 어딘가에 비수처럼 숨기고 있습니다. 다만 개성을 빨리 찾느냐? 늦게 찾느냐? 하는 문제만 있을 뿐입니다.

나만이 가진 개성을 찾기 위해서는 어떻게 해야 할까요? 그건 바로 끝없는 도전입니다. 힘겨운 사춘기는 언제 시작해서 언제 끝날지 모릅니다. 사춘기는 눈에 보이지 않고 마음속에 살기 때문입니다. 나는 지금도 사춘기를 겪고 있다고 생각합니다. 하루에도 수십 번 삐뚤어지고 싶다는 마음이 생기기 때문입니다. 그럴 때면 나는 새로운 도전을 시작합니다.

왜냐고요? 새로운 도전을 시작하면 아직 발견하지 못한 또 다른 개성을 찾을 수 있을지도 모르기 때문입니다. **도전!** 도전이란 말은 참 어렵습니다. 하지만 용기를 낸다면 아주 간단합니다. 내 주위에 있는 것, 내 손이 가장 쉽게 닿을 수 있는 것부터 시작하면 되기 때문입니다. 그건 실제 몸으로 하는 도전일 수도 있고, 머리로 하는 도전일 수도 있습니다.

지금까지 왜 이렇게 긴 이야기를 한 걸까요? 그 이유는 바로 이 책을 읽고 있는 여러분이 자신의 개성을 찾기 위한 여정을 빨리 떠나기를 바라는 마음 때문입니다. 앞서 말했듯 개성을 찾기 위한 도전은 절대 어렵지 않습니다. 가까이 있는 것부터, 쉬운 것부터 시작하면 됩니다. 그것이 무엇이든 상관없습니다. 아주 사소한 것이라도 도전을 해 봤다는 사실이 중요하기 때문입니다. 실패해도 상관없습니다. 개성을 찾기 위한 여행은 끝이 없기 때문입니다.

공부를 잘해야 한다는 어른들의 말은 귀가 따갑도록 들려옵니다. 어떤 사람이 훌륭한 사람인지 모르지만, 훌륭한 사람이 되어야 한다는 충고는 가슴에 못이 박힐 정도로 심장을 후벼 팝니다. 어떤 직업이 좋은 직업인지 모르지만, 좋은 직업을 가져야 한다는 조언은 두통이 생길 정도로 머리를 흔듭니다.

그러나 여러분에게 이 말들이 과연 진심 어린 충고로 들릴까요? 아닐 겁니다. 질풍노도의 시기인 여러분에게 이 말은 그냥 잔소리일 뿐입니다. 드라마도 보고 싶고, 축구도 하고 싶고, 수다도 떨고 싶고, 춤도 추고 싶고, 노래도 부르고 싶고, 잠도 실컷 자고 싶고, 땡땡이도 치고 싶은데 어른들은 그런 우리를 절대 가만히 두지 않습니다. 어른들에게는 오직 공부, 좋은 직업, 훌륭한 사람뿐입니다. 그래서 여러분은 학교라는 감옥에, 자습이라는 철창에, 학원이라는 동굴에 갇혀 지낼 수밖에 없습니다. 이것이 진정 원하는 삶일까요? 틀림없이 아닐 겁니다.

다시 한번 말하지만, 우리에게 있어 가장 중요한 것은 아직 발견하지 못한 개성을 찾아 떠나는 여정입니다. 개성을 찾으면 자신감이 생깁니다. 그러면 어른들에게 당당하게 여러분의 꿈을, 장래 희망을 말할 수 있습니다. 그리고 그 길을 향한 도전을 떳떳하게 선언할 수 있습니다.

이 글을 다 읽었다면 '이제 시작해 볼까요?', '무엇을요?' 누구나 가지고 있지만 아무도 모르는 것. 바로 자신의 개성을 찾기 위한 도전 말입니다. 이제 그 도전을 위해 감옥에서, 철창에서, 동굴에서 나와 자유롭게 하늘을 날 시간입니다.

마음은 풍선처럼 예민하니까
2026년 03월 06일 1판 1쇄 펴냄

지은이   **김균탁**
펴낸이   김성규
편집   조혜주 권은하
디자인   신혜연 송영현
펴낸곳   쉬는시간
주소   서울 마포구 동교로 17길 65, 501호
전화   02 323 2604
팩스   02 323 2603
등록   2019년 9월 3일 제2022-000287호

ISBN 979-11-995416-8-9 44810
ISBN 979-11-984300-0-7 (세트)